VENTE POUR CAUSE DE DÉPART

Collection de Monsieur C. D.

TABLEAUX

ANCIENS & MODERNES

AQUARELLES, DESSINS, PASTELS

IMPRIMERIE
C. CHAUFOUR
6-8, RUE MILTON
PARIS

CATALOGUE

DES

TABLEAUX MODERNES

Aquarelles, Dessins, Pastels

PAR

Bonvin, Brissot, César de Cock, Charpin, Eug. Cicéri, A. Dedreux
Defaux, H.-C. Delpy, Dupray, Victor Dupré
E. Feyen, Flers, Français, H. Gervex, Hermann-Léon
Korochansky, Lambinet, Landelle, Mme Madeleine Lemaire, Lépine
Longuet, Picabia, E. Renard, Rioult, Rochegrosse, Roqueplan
Saïn, Trouillebert, Mme F. Vallet-Bisson, E. Verbaeckhoven, V. Vignon
Walker, Wilhems, etc.

TABLEAUX ANCIENS

PAR OU ATTRIBUÉS A :

Boucher, Casanova, Crépin, De Marne, Greuze
J.-B. Huet, Lantara, H. Lecomte, Pillement, Swebach, J. Vernet, etc.

Composant la Collection de Monsieur C. D.

DONT LA VENTE POUR CAUSE DE DÉPART AURA LIEU A PARIS

HOTEL DROUOT — SALLE N° 10

Le Vendredi 8 Avril 1914

A 2 HEURES

Me Robert BIGNON	M. F. MARBOUTIN
COMMISSAIRE-PRISEUR	PEINTRE-EXPERT
41, Rue de la Victoire	2, Rue de Marseille

EXPOSITION PUBLIQUE

Le Jeudi 2 Avril 1914, de deux heures à six heures

CONDITIONS DE LA VENTE

Elle sera faite au comptant.

Les acquéreurs payeront *dix pour cent* en sus des enchères.

DÉSIGNATION

TABLEAUX MODERNES
AQUARELLES, DESSINS, PASTELS

BÉNARD

1 — Chevaux de labour.

Deux dessins rehaussés.   Haut. : 0ᵐ22 ; Larg. : 0ᵐ28.

BONVIN (François)

2 — Jeune femme en prière.

Dessin rehaussé.   Haut. : 0ᵐ41 ; Larg. : 0ᵐ28.

BOUDIN (E.)

3 — Paysage normand.

Dessin rehaussé.   Haut. : 0ᵐ30 ; Larg. : 0ᵐ45.

BRISSOT (F.)

4 — Les Scieurs de long.

Panneau.   Haut.: 0ᵐ28 ; Larg. : 0ᵐ37.

BRISSOT (F.)

5 — Poules.

Panneau. Haut. : o^m11 ; Larg. : o^m15.

CALVÈS (G.)

6 — Chevaux à l'abreuvoir.

Toile Haut. : o^m46 ; Larg. : o^m55.

COCK (César de)

7 — Ruisseau sous bois.

Toile. Haut. : o^m73 ; Larg. : o^m46.

CHALON (L.)

8 — Femme couchée.

Sanguine et crayon. Haut. : o^m35 ; Larg. : o^m63.

CHARPIN (Albert)

9 — Moutons au pâturage.

Panneau. Haut. : o^m22 ; Larg. : o^m27.

CICÉRI (Eug.)

10 — Le Passeur.

Aquarelle. [Haut. : o^m25 ; Larg. : o^m42.

COIGNET (J.)

11 — Barques échouées. Soleil couchant.

Pastel. Haut. : o^m19 ; Larg. : o^m31.

COUTURIER (Léon)

12 — En Observation, 1870.

Toile. Haut. : o^m46 ; Larg. : o^m27.

DAMBOURGEZ

13 — Canal à Bourges.

    Toile.   Haut. : 0^m54; Larg. : 0^m73.

DEDREUX (Alfred)

14 — Amazone à la lisière d'un bois.

    Toile.   Haut. : 0^m46; Larg. : 0^m33.

DEDREUX (Alfred)

15 — En l'Attente.

    Toile marouflée sur panneau. Haut. : 0^m46; Larg. : 0^m42.

DEDREUX (Alfred)

16 — Amazone traversant un gué.

    Toile.   Haut. : 0^m65; Larg. : 0^m54.

DEDREUX (Alfred)

17 — Sous le Second Empire. La Promenade au bois.

    Toile.   Haut : 0^m46 ; Larg. : 0^m32.

DEDREUX (Alfred)

18 — Amazone et Chiens.

    Toile.   Haut. : 0^m60; Larg. : 0^m73.

DEDREUX (Alfred)

19 — Cavalier et Amazone.

    Toile.   Haut. : 0^m40 ; Larg. : 0^m54.

DEDREUX (Alfred)

20 — Le Saut du mur.

    Toile.   Haut. : 0^m32 ; Larg. : 0^m40.

DEDREUX (Alfred)

260. -   21 — L'Attente.

Toile.   Haut : 0^m33; Larg. : 0^m41.

DEDREUX (Alfred)

230   22 — Cavaliers et amazones allant au rendez-vous de chasse.

Toile.   Haut.: 0^m33; Larg. : 0^m46.

DEDREUX (Alfred)

185   23 — Chevaux dans la prairie. Soir d'orage.

Toile.   Haut. : 0^m55; Larg.: 0^m85.

DEFAUX (A.)

24 — La Mare aux canards.

Toile.   Haut. : 0^m35; Larg.: 0^m55.

DEFAUX (A.)

25 — Vaches au pâturage. Normandie.

Toile.   Haut. : 0^m40; Larg. : 0^m65.

DELLA-CORTE (A.)

26 — Espagnole.

Aquarelle.   Haut.: 0^m35; Larg. : 0^m25.

DELPY (H.-C.)

27 — Marais à Saint-Valéry.

Panneau.   Haut. : 0^m33; Larg. : 0^m60.

DEVÉRIA (Attribué à)

28 — Portrait de femme.

Toile de forme ovale.   Haut. : 0^m22 ; Larg.: 0^m19.

DONZEL (Ch.)

29 — La Sarthe aux environs du Mans.

Aquarelle.   Haut. : 0ᵐ27 ; Larg. : 0ᵐ38.

DUPRAY (H.)

3o — Bonaparte et son état-major.

Aquarelle.   Haut. : 0ᵐ29 ; Larg. : 0ᵐ22.

DUPRÉ (Victor)

3i — Le Vieux Chêne.

Toile.   Haut. : 0ᵐ20 ; Larg.: 0ᵐ25.

ÉCOLE FRANÇAISE COMMENCEMENT DU XIXᵉ SIÈCLE

32 — Tête d'homme.

Toile.   Haut.: 0ᵐ46 ; Larg. : 0ᵐ38.

ÉCOLE FRANÇAISE COMMENCEMENT DU XIXᵉ SIÈCLE

33 — Paysage.

Cadre bois.
Toile.   Haut. : 0ᵐ16 ; Larg.: 0ᵐ15.

ÉCOLE FRANÇAISE XIXᵉ SIÈCLE

34 — Jeune enfant.

Toile de forme ovale.   Haut. : 0ᵐ34 ; Larg. : 0ᵐ26.

ÉCOLE FRANÇAISE DE 183o

35 — Le Moulin.

Panneau de forme ovale.   Haut. : 0ᵐ24 ; Larg. : 0ᵐ17.

ÉCOLE HOLLANDAISE XIXe SIÈCLE

36 — Chèvre et moutons.

    Panneau.   Haut. : 0ᵐ21; Larg. : 0ᵐ20.

FEYEN (Eug.)

37 — Jeunes Pêcheurs à Cancale.

    Panneau.   Haut. : 0ᵐ55; Larg. 0ᵐ?8.

FEYEN (Eug.)

38 — Le Retour des pêcheurs à Cancale.

    Toile.   Haut. : 0ᵐ41; Larg.: 0ᵐ55.

FEYEN (Eug.)

39 — La Vieille pêcheuse.

    Panneau.   Haut. : 0ᵐ46; Larg. : 0ᵐ28.

FEYEN (Eug.)

40 — Une Fille de Cancale ; transport du vieux bois des parcs à huîtres.

    Salon de 1890.
    Toile.   Haut.: 0ᵐ93; Larg.: 0ᵐ65.

FLERS (C.)

41 — Ferme en Normandie.

    Toile.   Haut. : 0ᵐ55; Larg. : 0ᵐ33.

FLERS (C.)

42 — Moulins en Hollande.

    Carton.   Haut.: 0ᵐ22; Larg. : 0ᵐ35.

FRANÇAIS (L.)

43 — Soleil couchant au Bas-Meudon.

Toile. Haut. : o^m41 ; Larg. ; o^m36.

FRANÇAIS (L.)

44 — Pins au bord de la Méditerranée.

Lavis à l'encre de Chine. Haut. : o^m32 ; Larg. : o^m46.

GALIEN-LALOUE (E.)

45 — Le Quai au Tréport.

Panneau. Haut. : o^m22 ; Larg. : o^m27.

GERVEX (Henri)

46 — La Femme et le Faune.

Dessin au fusain. Diam. : o^m25.

HERMANN (Léon)

47 — Retour du marché.

Toile. Haut. : o^m55 ; Larg. : o^m42.

HERVIER (L.-V.)

48 — Vieilles maisons en Normandie.

Toile. Haut. : o^m48 ; Larg. : o^m37.

INNOCENTI

49 — La Vieille fermière.

Panneau. Haut. : o^m35 ; Larg. : o^m27.

JOLLY (Emile)

5o — Le Labourage.

Aquarelle. Haut. : o^m23 ; Larg. : o^m31.

KOROCHANSKY (M.)

51 — Châtelaine Moyen-Age.

Toile. Haut. : 0ᵐ27; Larg. : 0ᵐ41.

KOROCHANSKY (M.)

52 — La Femme aux coquelicots.

Toile. Haut. : 0ᵐ41; Larg. : 0ᵐ27.

KOROCHANSKY (M.)

53 — Le Soir.

Toile. Haut. : 0ᵐ41; Larg. 0ᵐ28.

LAFON (Fr.)

54 — La Toilette de Diane.

Toile. Haut. : 0ᵐ46; Larg. : 0ᵐ55.

LAMBINET (Emile)

55 — Vieille Ferme en Beauce. Effet du soir.

Toile. Haut. : 0ᵐ25; Larg. : 0ᵐ41.

LAMBINET (Emile)

56 — Troupeau de moutons au pâturage.

Toile. Haut. : 0ᵐ27; Larg. : 0ᵐ50.

LAMBINET (Emile)

57 — Bords de rivière. Effet du soir.

Toile marouflée sur panneau. Haut. : 0ᵐ49; Larg. : 0ᵐ39.

LAMBINET (Emile)

58 — Labourage près de la ferme. Normandie.

Toile. Haut. : 0ᵐ23; Larg. : 0ᵐ41.

LANDELLE (Ch.)

59 — Ouled-Naïd.

    Pastel.   Haut. : 0^m55 ; Larg. : 0^m38.

LANDELLE (Ch.)

60 — Jeune fille aux roses.

    Salon de 1908.
    Toile.   Haut. : 0^m55 ; Larg. : 0^m46.

LANDELLE (Ch.)

61 — La Prière.

    Toile.   Haut. : 0^m55 ; Larg. : 0^m38.

LEMAIRE (Mme Madeleine)

62 — Hortensia bleu et glycine.

    Aquarelle.   Haut. : 0^m52 ; Larg. : 0^m73.

LENOIR (M.)

63 — Vieilles maisons au bord de la Meuse à Verdun.

    Toile.   Haut. : 0^m55 ; Larg. : 0^m81.

LÉPINE (S.)

64 — Petit bras de la Seine près Neuilly.

    Toile.   Haut. : 0^m22 ; Larg. : 0^m38.

LE ROY (J.)

65 — Envoi de Nice.

    Toile.   Haut. : 0^m38 ; Larg. : 0^m46.

LONGUET

66 — Chiens sous bois.

    Panneau.   Haut. : 0^m14 ; Larg. : 0^m22.

LONGUET

67 — Femme couchée.

      Panneau.   Haut. : 0^{m}21 ; Larg. : 0^{m}15.

MILLET (J.-B.)

68 — Ferme au Buisson (Dordogne).

      Dessin au fusain.   Haut. : 0^{m}23 ; Larg. : 0^{m}31.

MILLET (J.-B.)

69 — Village de Cabans. (Dordogne).

      Dessin au fusain.   Haut. : 0^{m}21 ; Larg. : 0^{m}28.

MOREAU (Nicolas)

70 — Piqueurs et chiens.

      Papier marouflé sur panneau. Haut. : 0^{m}30 ; Larg. : 0^{m}41.

MOREAU (Nicolas)

71 — Cheval et chiens au relais.

      Toile.   Haut. : 0^{m}41 ; Larg. : 0^{m}32.

NOTERMAN (Z.)

72 — Chiens au chenil.

      Toile.   Haut. : 0^{m}52 ; Larg. : 0^{m}41.

PICABIA

73 — Le Matin à Moret. Effet de brouillard.

      Toile.   Haut. : 0^{m}73 ; Larg. : 0^{m}60.

PICABIA

74 — Bords de l'Yonne. Temps gris.

      Toile.   Haut : 0^{m}33 ; Larg. : 0^{m}46.

PILLE (Henri)

75 — La Traite des vaches.

Dessin à la plume.   Haut. : 0ᵐ35 ; Larg. : 0ᵐ21.

RENARD (Émile)

76 — Colombine.

Toile.   Haut. : 0ᵐ41 ; Larg.: 0ᵐ33.

RIOULT (L.-E.)

77 — Baigneuses.

Provient de la Collection Alex. Dumas.
Sépia.   Haut. : 0ᵐ26 ; Larg. : 0ᵐ15.

ROCHEGROSSE (G.

78 — Au printemps.

Dessin à la plume.   Haut. : 0ᵐ17 ; Larg. : 0ᵐ12.

ROQUEPLAN (C.)

79 — Enfants au bord de l'eau.

Panneau.   Haut. : 0ᵐ23 ; Larg. : 0ᵐ17.

SAIN (Paul)

80 — La Sarthe au moulin de Saint-Cénery. Automne.

Toile.   Haut. : 0ᵐ38 ; Larg. : 0ᵐ55.

SAURFEELT

81 — Laveuses près du vieux moulin.

Panneau.   Haut. : 0ᵐ28 ; Larg.: 0ᵐ65.

SERRES (Antony)

82 — Au cabaret sous le Directoire.

Toile.   Haut. : 0ᵐ25 ; Larg.: 0ᵐ19.

SEVERDONCK (Van Fr.)

83 — Moutons et canards.

Panneau.   Haut.: 0ᵐ26; Larg.: 0ᵐ36.

SINIBALDO

84 — Une Visite sous le Directoire.

Toile.   Haut. : 0ᵐ43; Larg: : 0ᵐ64.

TROUILLEBERT

85 — Andromède.

Toile.   Haut. : 0ᵐ35; Larg. : 0ᵐ22.

VALLET-BISSON (Mme Frédérique)

86 — Jeune femme à sa toilette.

Pastel.   Haut. 0ᵐ73; Larg. : 0ᵐ48.

VALLET-BISSON (Mme Frédérique)

87 — Jeune femme tenant des fleurs.

Pastel.   Haut. : 0ᵐ60; Larg. : 0ᵐ50.

VERBOECKHOVEN (Eugène)

88 — Moutons au pâturage.

Cadre bois sculpté.
Panneau.   Haut. : 0ᵐ19; Larg. : 0ᵐ29.

VERBOECKHOVEN (Eugène)

89 — Béliers.

Dessin rehaussé.   Haut.: 0ᵐ43; Larg.: 0ᵐ61.

VIGNON (Victor)

90 — Rue de village.

Toile.   Haut. : 0ᵐ46; Larg.: 0ᵐ55.

VIGNON (Victor)

91 — Entrée du village d'Hardricourt (Seine-et-Oise).

   Toile.   Haut.: 0m55; Larg.: 0m65.

WALKER (J.-A.)

92 — La Correction.

   Panneau   Haut.: 0m27; Larg.: 0m21.

WALKER (J.-A.)

93 — Hussard Première République.

   Toile.   Haut.: 0m65; Larg.: 0m50.

WALKER (J.-A.)

94 — En Vedette.

   Toile.   Haut.: 0m65; Larg.: 0m50.

WALKER (J.-A.)

95 — Chevaux à la porte d'une auberge.

   Toile.   Haut.: 0m39; Larg.: 0m51.

WILHEMS (J.)

96 — Barques de pêche sur la lagune à Venise.

   Toile.   Haut.: 0m38; Larg.: 0m55.

TABLEAUX ANCIENS

ÉCOLE ANGLAISE

215

97 — Jeune femme portant des fleurs.

Toile.   Haut. : o^m76 ; Larg. : o^m6a.

ÉCOLE ANGLAISE

260.

98 — Portrait de femme.

Toile.   Haut. : o^m74 ; Larg. : o^m6o.

ÉCOLE FLAMANDE XVIIIe SIÈCLE

99 — L'Enfant aux fruits.

Cadre bois sculpté.
Toile.   Haut. : o^m47 ; Larg. : o^m36.

ÉCOLE FRANÇAISE XVIIIe SIÈCLE

100 — Offrande à Pan.

Dessin rehaussé.   Haut. : o^m43 ; Larg. : o^m55.

BOILLY (École de)

101 — L'Enfant riche et l'Enfant pauvre.

Panneau.   Haut. : o^m27 ; Larg. : o^m22.

BOUCHER (École de Fr.)

200

102 — Les Dénicheurs de nids.

Cabre bois sculpté.
Panneau.   Haut. : o^m38 ; Larg. : o^m47.

CASANOVA (Attribué à)

103 — Troupeau à l'abreuvoir.

Dessin rehaussé.   Haut. : o^{m}25 ; Larg. : o^{m}35.

CHARDIN (D'après)

104 — La Ménagère.

Panneau.   Haut. : o^{m}45 ; Larg. : o^{m}38.

CRÉPIN (Attribué à L.-P.)

105 — Les Pêcheurs.

Toile.   Haut. : o^{m}55 ; Larg. : o^{m}81.

DE MARNE (J.-L.)

106 — Chevaux à l'abreuvoir près d'un moulin.

Signé en bas à droite.
Panneau.   Haut. : o^{m}5o ; Larg. : o^{m}65.

GREUZE (J.-B.)

107 — Tête de jeune fille.

Signé en bas à gauche.
Dessin à la sanguine.   Haut. : o^{m}5o ; Larg. : o^{m}38.

GREUZE (D'après)

108 — Le Peloton de laine.

Cadre Louis XVI en bois sculpté.
Toile de forme ovale.   Haut. : o^{m}65 ; Larg. : o^{m}53.

HUET (Attribué à J.-B.)

109 — Le Passage du gué.

Toile.   Haut. : o^{m}24 ; Larg. : o^{m}32.

LANTARA (S.-M.)

110 — Le Gros Chêne.

> Dessin à l'encre de Chine.   Haut. : 0ᵐ46; Larg. : 0ᵐ61.

LECOMTE (Hᵉ)

111 — Hussard Iᵉʳ Empire.

> Aquarelle.   Haut. : 0ᵐ16; Larg. : 0ᵐ12.

LOUTHERBOURG (P.)

112 — Le Coup de vent.

> Lavis à la sépia.   Haut. : 0ᵐ20; Larg. : 0ᵐ31.

PILLEMENT (Attribué à)

113 — Paysage animé de personnages.

> Bois.   Haut. : 0ᵐ12; Larg. : 0ᵐ23.

PILLEMENT (Attribué à)

114 — Paysage avec cours d'eau.

> Cadre bois sculpté.
> Panneau.   Haut. : 0ᵐ15; Larg. : 0ᵐ18.

POUSSIN (École de)

115 — Paysage avec cours d'eau et personnages.

> Toile.   Haut. : 0ᵐ96; Larg. : 1ᵐ28.

RIBERA (École de)

116 — Le Pélerin.

> Toile.   Haut. : 0ᵐ81; Larg. : 0ᵐ65.

SWEBACH (Attribué à J.)

117 — Chasse à courre.

> Toile.   Haut. : 0ᵐ24; Larg. : 0ᵐ33.

TITIEN (École du)

118 — Le Sommeil de Vénus.

Cadre bois sculpté.]
Toile.   Haut. : 0^m37 ; Larg. : 0^m48.

VERNET (Attribué à JOSEPH)

119 — Les Pêcheurs.   *166*

Panneau de forme circulaire.   Diam. : 0^m15.

VERNET (Attribué à JOSEPH)

120 — Marine animée de personnages.

Panneau de forme circulaire.   Diam. : 0^m15.